JUTTA RICHTER

Verlass mich nicht zur Kirschenzeit

JUTTA RICHTER

Verlass mich nicht zur Kirschenzeit

LIEBESGEDICHTE

MIT FOTOS VON
JACKY GLEICH

SANSSOUCI

Prolog

Ganz oben auf der Apfelleiter
hast du die Wolken festgehalten,
und ich stand unten, sah dir zu.
Ich dachte: Dieser hält die Wolken,
und was hältst du?

Verlass mich nicht zur Kirschenzeit

Liebeslied Nr. I

Ich weine, bis die Sonne scheint,
weine die Wiese nass.
Ich weine mir den Himmel blau
und grün das braune Gras.

Ich weine, bis ich müde bin,
weine den ganzen Tag,
die Nacht ist hundert Tage lang,
weil ich nicht schlafen mag.

Ich weine dir das Herz kaputt
– die Liebe ist so schön –,
ich weine, wenn du kommen willst,
ich weine, willst du gehn.

Ich weine, bis du lachen musst,
ich weine mich ganz weich,
gibst du mir einen Rotweinkuss,
bin ich so tränenreich.

Liebeslied Nr. 2

Wenn du gehst,
kommen die Zweifelteufel,
haben mich an der Angel,
bohren Haken in mein Hirn,
stellen Fragen, die ich nicht stelle.
Was wird sein?
Was kann bleiben?
Was ist Wahrheit?
Was ist Zeit?
Was ist Zukunft?
Was ist Liebe?
Was ist wenn?
Die Zweifelteufel
machen sich keinen Reim auf dich,
quengeln und quälen,
quatschen ungereimtes Zeug.

Liebeslied Nr. 3

Küss mir sofort den Kummer aus den Augen
und warte nicht auf bessere Gelegenheit.
Die Küsse, die du sparst, werden nicht taugen.
Rette mir jetzt den Himmel und die Ewigkeit.

Dies ist die Nacht. Die Tage werden kommen,
das Nachher wird uns früh genug verschlingen,
wenn du mich heute in den Arm genommen,
dann singt mein Morgen von den hellen Dingen.

Es gilt nicht abzuwarten, es heißt leben,
denn solche Nächte kommen nie mehr wieder.
Wer weiß, wem wir den Winterhonig geben?
Im nächsten Mai, da blüht ein neuer Flieder.

Ich küsse dich. Ich spare nicht mit Liebe.
Ich bin verschwenderisch mit allem Sein.
Ich weiß nicht, was ich kann, noch was mir bliebe.
Ich weiß nur: Heute bin ich nicht allein.

Liebeslied Nr. 4

Ich war zu Hause, denn du schenktest mir ein Wort.
Ich wohnte dort und richtete mich ein.
Ich war ganz eins und trotzdem nicht allein.
So war ein Tag ein Tag, ein Ort ein Ort.

Da wollte ich bleiben, jetzt und alle Zeit.
Ich träumte schon von Grille, Katz und Hund.
Ich hing dir an den Lippen und dein Mund
versprach den Himmel und die Ewigkeit.

Doch kein Zuhause kann für immer sein.
An welchen Häusern ich auch angekommen,
die Wörter wurden wieder fortgenommen,
und ich zerschlug die Sprache Stein für Stein.

So unbehaust zerbreche ich dein Wort.
Ich will nicht nehmen, was man mir nicht gibt.
Ich möchte das zerschweigen, was geliebt:
das Dein, das Mein, das Hier, das Dort.

Liebeslied Nr. 5

Dahinter geh ich nicht zurück,
denn was du mir gewesen bist,
ist mehr als unverschämtes Glück,
ist mehr als uns geboten ist.

Jetzt droht die schwarze Wolke mir,
und alle Engel stürzen ab.
Ich laufe wie ein wundes Tier,
das zählt, was ich verloren hab.

Der rote Löwe brüllt mich an,
und jenes Kinderkarussell
dreht schneller, als ich gucken kann,
und ist im Grunde gar nicht schnell.

Ich sitz im Auge des Taifuns,
da, wo man nur die Stille hört,
und blicke noch von dort auf uns
und höre, was dein Mund mir schwört.

Was glaub ich, bin ich, kann ich sein?
Ich will und will auch nicht.
Komm, stoß dich tief in mich hinein,
bis mir der Flügel bricht.

Liebeslied Nr. 6

Erst abends werden meine Augen groß
und spiegeln mein Verlangen – deine Gier.
Dann öffnet sich mein tagverschlossner Schoß,
dann lege ich dir meine Seele bloß
und bin ganz außer mir und bin doch hier.

In meinen Adern fließt ein roter Wein,
ist dunkler und auch süßer als dein Blut.
Mir wachsen Flügel, und ich will mein Engel sein.
Du hältst mich fest, ich lasse dich allein
und bin voll Lebensfreude – Sterbenswut.

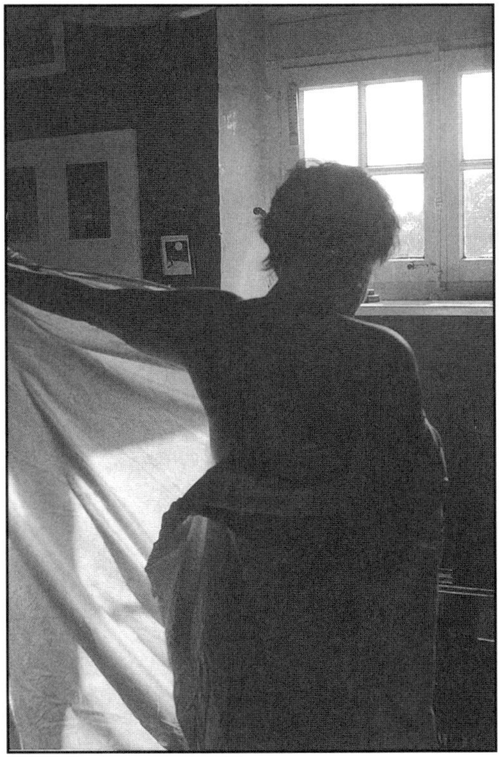

Liebeslied Nr. 7

Verlass mich nicht zur Kirschenzeit,
da bin ich rot wie Blut,
da bin ich süß und wild und weit.
Da bin ich ganz zur Lust bereit,
die mir so wehe tut.

Da tropft mein Schoß von Kirschensaft.
Da mache ich die Beine auf.
Da weiß ich wohl, wie man es schafft.
Da bin ich gierig, voller Kraft
und sitze auf dir drauf.

Du gehst? Du lässt mich einfach hier
mit aller Lust so sein?
Geliebter, eines rat ich dir:
Lass nie ein rotes wildes Tier
zur Kirschenzeit allein.

Liebeslied Nr. 8

Da tanzen sie wieder, die Sommergespenster,
in heißen Nächten und sehen mich nicht.
Ich stehe im Juli am offenen Fenster.
Ich atme das Dunkel und mache kein Licht.

Ich stehe nur da, als würde ich warten.
Der Traumfresser kaut meine Träume kaputt,
die weiße Nachbarin drüben im Garten,
der König winkt mit dem Königshut.

Die Fledermaus, die größte von allen,
schlägt ihre Zähne in mein Gesicht.
Ich lasse mir auch das noch gefallen
und tue dann so, als schmerze es nicht.

Die Hechte springen, die Abendsterne
blinken mich kalt und böse an.
Ich stehe im Juli und bin mir so ferne,
weil ich dich nicht im Arm halten kann.

Liebeslied Nr. 9

Gib mir mein Herz zurück, das kleine wilde Ding,
ich legte es dir gestern vor die Füße.
Es war ganz nass und warm und voller Süße
und schmeckte so wie deine weichen Küsse.

Es liegt noch immer da und ist schon halb erfroren.
Du hast es auf dem Mühlsteintisch vergessen.
Die Nachtgespenster haben drauf gesessen.
Und schwarze Raben haben es gefressen.

Es ist kaputtgeliebt, mein süßes rotes Herz,
und tut so weh, als wäre es aus Stein.
Ach, komm und pflanze es mir wieder ein.
Ich möchte nicht mehr kalt und herzlos sein.

Liebeslied Nr. 10

Noch hüllt die Nacht mich ein
mit mildem Licht.
Sie deckt mich zu mit ihrer Sternendecke,
macht mir die Augen groß
und fürchtet nicht,
was ich dahinter gern verborgen hätte.

Noch hält dein Arm mich fest
und diese Hand,
die mich mit starkem Griff in deine Kissen zwingt,
macht mir die Seele geil,
ein schwarzes Band,
das sich um Bauch und Brüste schlingt.

In diesen blauen Stunden
voller Lust
möchte ich wohnen bleiben, nah zu dir,
und schreien, wenn dein Mund
an meiner Brust
saugt wie ein kleines ungezähmtes Tier.

Da klebt noch Schatten an der Wand

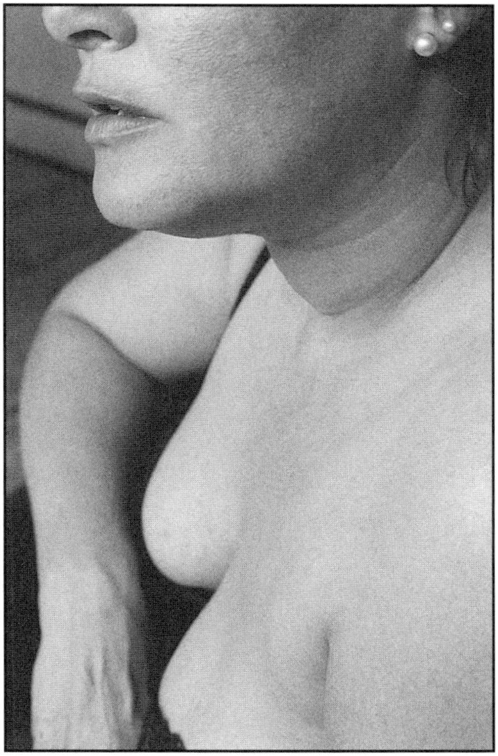

Winterlied

Komm, zähl mir deine Küsse in den Mund,
die süßen kleinen und die leidenschaftlich tiefen,
und wenn wir uns im Wald der Lust verliefen,
so hätten wir fürs Irren guten Grund.

Du fehlst mir so! Mein Mund ist leer und kalt.
Die Leidenschaft versteckt sich hinterm hellen Mond.
Ich möchte lieber dort sein, wo sie wohnt,
und bin so grau bei mir und bitteralt.

Lass uns noch einmal ganz von vorn beginnen,
uns heimlich treffen in der ersten Nacht,
die alten Spiele wieder neu ersinnen,
uns trennen, noch bevor im Licht die Angst erwacht.

So zähl mir deine Küsse in den Mund,
die süßen kleinen und die leidenschaftlich tiefen,
und wenn wir uns im Wald der Lust verliefen,
dann hätten wir fürs Leben guten Grund.

Im Allgemeinen wird bedauert

Im Allgemeinen wird bedauert,
Dass deine Marmelade fehlt.
Ansonsten stellt Maria fest,
dass nichts mehr meine Seele quält.

Den Platz auf meiner Küchenbank
hat Martin Meier eingenommen,
auch sonst sind alle alten Freunde,
die du verdrängt, zurückgekommen.

Wir sitzen wieder warm zusammen.
Karola meint, ich würde runder
und wirke, seit du fortgegangen,
im großen Ganzen viel gesunder.

Es scheint, die Lücke ist zu schließen,
man sagt, die Lücke wäre klein,
und Tränen soll ich nicht vergießen
um dich, ich sollte dankbar sein.

Geliebter,

es brennen die Westerwinkler Wälder.
Das Schloß, es brennt,
es brennt mein Herz,
nichts kann das Feuer löschen.

Die Fensterscheiben sind zersprungen,
die Spiegelsäle liegen voller Scherben.
Dreihundert Jahre Glück,
zerbrochen in einem einzigen Sommer.

Goldmarie

Ein Sommertagsgefühl klebt mir im Haar,
ein heißes wildes Sehnen macht das Herz mir toll.
Ich folge meiner Liebe schon im zweiten Jahr
und weiß nicht, ob ich ihr noch länger folgen soll.

Ich bin die Sprechmaschine Pechmarie.
Die Wörter springen mir wie Kröten aus dem Mund,
um Kopf und Kragen hüpfen sie
und machen mir und dir die Seele wund.

Für eine Nacht nur möchte ich zu Hause sein
und Stille finden nah an deinem Leib.
Die Krötenwörter würden wieder klein,
und ich wär Goldmarie, dein sanftes Weib.

Die Rednerin

Jetzt habe ich ihn stumm geredet, dachte sie
und hörte, wie aus ihrem Mund es Wörter schrie.
Der Raum war voll davon und schwarz wie Nacht.
Die Rednerin hat sich davongemacht.
So haben Wörter eine Liebe umgebracht.

Ein Zettel nur

Ein Zettel bleibt
nach all den Jahren Warten.
Ein Zettel fällt mir aus dem Tagebuch,
durch das ich blättere. Mein Seelengarten
liegt offen vor mir wie ein rotes Tuch.

Ein Zettel nur,
drei hingeworfne Zeilen,
übrig geblieben von der ersten Nacht:
Du musst jetzt gehen, schreibst du,
du musst dich jetzt beeilen,
ich schliefe fest, und du seist aufgewacht.

Man malt sich doch nicht gern umsonst die Lippen rot

Man möchte doch nicht nebenbei behandelt werden.
Man braucht doch Wichtigkeit, Respekt und einen Plan.
Ich sitz dir nicht zu Füßen, um gekrault zu werden.
Und bin auch nicht die siebte Henne für den Hahn.

Man malt sich doch nicht gern umsonst die Lippen rot
und lässt sich nachher in die Seele treten.
Ich bot mich feil, ich brach mit dir mein Brot.
Und hab dich meistens ganz umsonst gebeten.

Ich saß im Hochzeitskleid und übte Warten,
ich streute Rosenblüten dir aufs Bett.
Und draußen ging der Sommer durch den Garten.
Verblühte den, der mich genommen hätt.

An einem Sonntag im Oktober

Da klebt noch Schatten an der Wand,
der ist so groß wie du.
Da liegt noch deine rechte Hand
und drückt den Hals mir zu.

Und alles sieht wie immer aus.
Die Treppe hofft auf deinen Tritt,
ich werf ein Glas zum Fenster raus,
wenn es zerspringt, zerspring ich mit.

Der Schatten dreht sich langsam weg.
Die Sonne tanzt mir auf der Wand.
Ich sehe diesen Sonnenfleck,
ich lebe noch und bin verbrannt.

Jetzt fürcht ich dich

Jetzt fürcht ich dich, wie man Dämonen fürchtet,
die schwarz und grinsend auf der Brust uns sitzen,
aus deren Mäulern falsche Wörter springen,
derweil sie ächzend Pech und Schwefel schwitzen.

Jetzt fürcht ich dich, wie man den Winter fürchtet,
der uns das Grüne wegnimmt und die Sonne raubt,
der grau und alt und endlos müde macht
und zahnlos meinen Pflaumenbaum entlaubt.

Jetzt fürcht ich dich, wie man als Kind den Teufel fürchtet,
der in den Kirchen hinter den Altären wohnt,
mit Jesu Blut den alten Gott betrunken macht
und Böses mit der Ewigkeit belohnt.

Und sollte ich dich treffen, will ich Kreuze schlagen.
Ich ziehe einen Kreidekreis um mich,
den wirst du niemals übertreten können.
Geliebter, glaube mir, ich fürchte dich!

Lied vom Ende

Fast alles hat ein Ende,
der März und auch der Mai.
Wenn du mir deine Liebe schwörst,
ist meine schon vorbei.

Fast alles hat ein Ende,
der Winter und der Schnee.
Wenn du zu mir nach Hause kommst,
dreh ich mich um und geh.

Fast alles hat ein Ende,
die Tränen und das Glück.
Wenn du dein Herz mir schenken willst,
hol ich mir meins zurück.

Fast alles hat ein Ende,
der Sommer kommt und geht.
Wo früher dein Rasierzeug stand,
was glaubst du, was da steht?

Fast alles hat ein Ende,
die Liebe und der Wein.
Was ich mit dir getrunken hab,
das trink ich jetzt allein.

Fast alles hat ein Ende,
das Leid und auch der Schmerz.
Wenn ich dich erst verlassen hab,
dann freut sich auch mein Herz.

Fast alles hat ein Ende,
doch etwas bleibt zurück.
Das nennen wir Erinnerung,
vergessen's Stück für Stück.

Fast alles hat ein Ende,
mein Lied und mein Gesang.
Hast du mir auch nicht zugehört,
hab trotzdem vielen Dank!

Kastanienzeit

Wie machte mich doch dein Gedanke heiter,
jetzt käme endlich unsere Kastanienzeit.
Wo wir in mildem Abendlicht auf Bänken sitzen,
fernab von heftiger Begierde, Zank und Streit.

Wo wir ganz leise nur ein Sehnen spüren,
so wie die alte Narbe manchmal sticht,
wo Spinnwebfäden unsern Arm berühren
und Wintersonne wärmt uns das Gesicht.

Das Herz wird ruhig, und die Erinnerungen,
sie fließen langsam wie der breite Fluss,
auf den wir schauen, und wir sehn die Jungen,
die immer noch verbrennen gleich beim ersten Kuss.

Ich trink dem Süden zu

Die Horoskope künden gute Zeiten.
Merkur und Mars stehen im siebten Haus.
Es lässt sich leicht durch Sommernächte reiten,
und Kassiopeia lacht Kassandra aus.

Die Scherben der zerschlagnen Fensterscheiben
sind längst zu Flaschen umgeschmolzen worden.
Der Grappa schmeckt, ich werde dabei bleiben.
Ich trink dem Süden zu, dir lasse ich den Norden.

Am schlimmsten ist die Nacht

Von den eifersüchtigen Engeln

Die Engel werden eifersüchtig blass,
wenn wir uns endlich in den Armen liegen
und in den weiten violetten Himmel fliegen,
denn du bist geil, und ich bin wild und nass.

Und deine Augen sind wie schwarze Teiche,
in denen ich und weiße Wolken schwimmen
und jene blassen Engel. Und ganz innen
liegt leuchtend deine Liebe und das Weiche.

Mit jedem Schrei kommst du dem Himmel nah.
Die Flügel wachsen mir mit jedem Atemstoß.
Und unsre Lust ist atemlos und groß
und laut und neu. Die Engel sind noch da.

Zuletzt ertrinken wir im blauen Violett.
Die blassen Engel stürzen sich hinab
in eine Wolkenschlucht, wie in ein Grab,
und wir erwachen hier in meinem Bett.

Geburtstagslied

Jetzt ist der Sommer abgeblüht.
Das arme Dier kriecht aus dem Teich
und leckt mit seinem nassen Maul
mir Herz und Seele winterweich.

Jetzt sind die Tage nebelgrau
und fünfzig Jahre fast vorbei.
Der Herbst steht zornig vor der Tür
und droht, ich sei nun seine Frau.

Am Himmel steht die Ewigkeit.
Der Rest, der mir vom Himmel blieb,
ist schwarz und schwer und furchtbar weit.
Den hatten wir im Winter lieb.

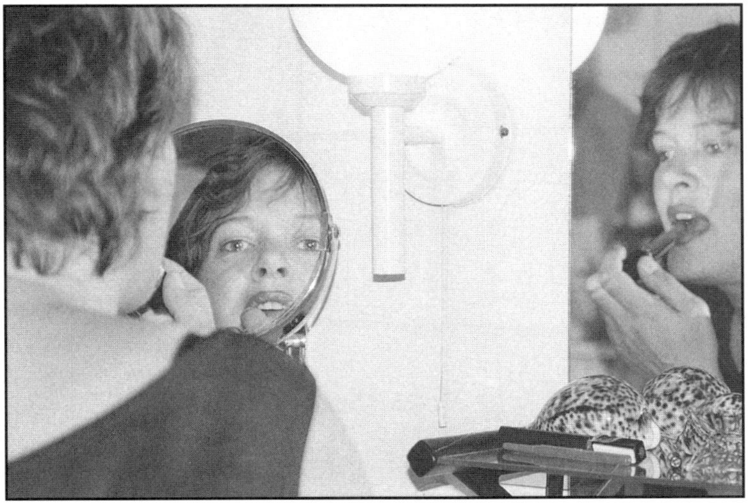

Lied an die Nacht

Das Beste am Tag ist die Nacht,
denn die ist bekanntlich sehr lang.
Wenn hellrund das Licht auf den Küchentisch fällt,
dann sperren wir einfach den Rest dieser Welt
in Tante Amalias Schrank.

Das Beste am Tag ist die Nacht,
da sitzen wir zwei mittendrin.
Du trinkst deinen Wodka und ich meinen Wein,
und manchmal fallen uns Auswege ein
zum Lieben, zur Welt und zum Sinn.

Das Beste am Tag ist die Nacht,
da ist unsre Arbeit getan.
Und was nicht getan ist, wird morgen gemacht.
Dem morgigen Tag folgt die morgige Nacht,
da fangen wir's Träumen neu an.

Das Beste am Tag ist die Nacht.
Ein glückliches Ende muss sein.
Du träumst dir ein Meer, und ich träum mir den Mond.
Wir träumen den Himmel, der über uns wohnt,
und irgendwann schlafen wir ein.

Die Nacht

Am schlimmsten ist die Nacht,
denn sie ist still,
und Stille schafft den schwarzen Raben Raum.
Dann denke ich die Dinge, die ich will
und die ich wollte.
Draußen auf dem Baum
schreit eine weiße Eule.
Barmherzig wäre jetzt ein tiefer Schlaf
oder ein Regen, schwarze Wolken vor dem Mond.
Ein kluger Gott, der nicht auf fernen Sternen wohnt,
der schütze uns, die Eule und die Raben und das Schaf.

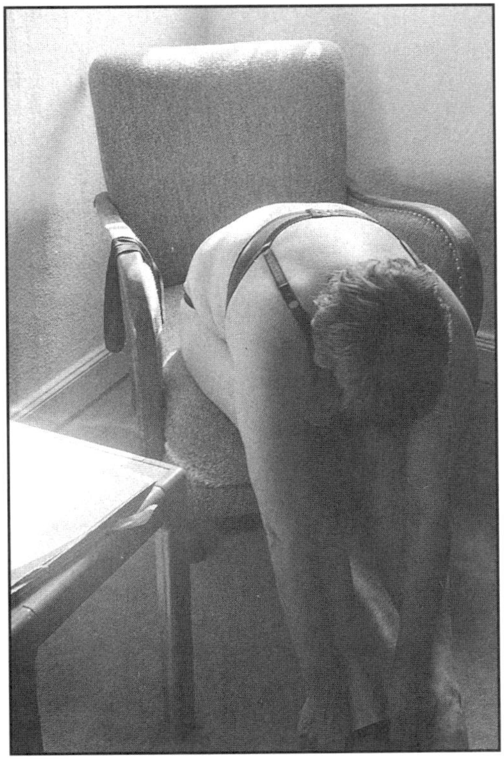

Abendgebet

Herr, bleibe bei mir,
denn es will Abend werden,
und wieder sinkt die Sonne hinterm Wald.
Allein ist mir die schwarze Nacht zu kalt,
ein Eulenruf schon stürzt mich ins Verderben.

Ich bitte dich,
lass mich jetzt nicht in Ruh,
denn Ruhe find ich nur in deinem Schoß,
und ohne dich ist mir die Nacht zu groß
wie einem Kind des Vaters neuer Schuh.

Herr, bleibe bei mir,

bis es Tag geworden.

Das Morgengrauen hilf mir überwinden.

Lass mich den Tau in Spinnennetzen finden.

Küss mich und geh zurück auf deinen Stern im Norden.

Büdingen 17.3.96

Die Häuser kommen alle aus dem Märchenbuch,
sie sind gemalt auf Seite zwölf.
Ein Schloss, die Schmiede und die Bäckerei,
die Turmuhr schlägt, es ist drei viertel zwei.
Rotkäppchen wickelt Semmeln in ihr Tuch.

Wir gehen durch die Gassen dieser Stadt.
Ich bin verzaubert, alles ist ein Traum.
Zwei Finken stürzen aus dem Himmelblau,
du bist mein Mann für jetzt, ich deine Frau,
die noch drei Zaubernüsse in der Tasche hat.

Fünf wilde Schwäne fliegen Richtung See,
das sind die Brüder, die ich vor dir fand.
Wir werfen unser letztes Brot in einen Teich,
Frau Holle schüttelt uns die Kissen weich,
und eine Grille hinterm Ofen zirpt das hohe C.

Durch unsre Kammer fließt ein gelbes Licht.
Du öffnest meine erste Nuss:
ein Kleid aus Silber und ein tiefer Kuss,
wir lieben uns, weil man im Märchen lieben muss,
ich hab drei Wünsche frei und wünsche nicht.

Das Silberkleid zerreißt, ich sage: Du,
küss mir ein letztes Mal die Lippen rot.
Die Turmuhr schlägt, jetzt ist es Zeit zu gehn,
ich lache, denn du willst mich lachen sehn.
Vorbei, das Märchenbuch klappt wieder zu.

Heimweh

Manchmal möchte ich nach Hause gehen,
dort auf einem Bein im Hinkelkästchen hüpfen,
abends in ein viel zu großes Nachthemd schlüpfen
und in jedem Schatten an der Wand Gespenster sehen.

Manchmal möchte ich nach Hause gehen,
dort im Apfelbaum ein Amselnest entdecken,
weil ich wachse, mich zur Decke strecken
und den ganzen Tag auf Zehenspitzen stehen.

Manchmal möchte ich nach Hause gehen:
Wenn ich hinfiel, tat es nicht so weh,
und im Winter gab es weichen weißen Schnee,
in den Märchenbüchern wohnten gute Feen.

Manchmal möchte ich nach Hause gehen,
den verlornen Wunschring wieder finden,
ihn mit Goldgarn fest an meinen Finger binden
und in bösen Zeiten ihn ganz einfach drehen.

Sommerlied

Die Kinder tragen wieder Nasen auf den Nasen,
und auch die Lindenblüten sind verblüht.
Die jungen Hasen sind jetzt alte Hasen.
Die Sonne hat uns heftig durchgeglüht.

Auf den Balkonen schaukeln Hängematten.
Der Sommer hat schon einen dicken Bauch.
Die Füße schwellen, Katzen suchen Schatten
und dösen unterm Heckenrosenstrauch.

Die Vögel singen nicht so laut wie gestern.
Sie üben fliegen, und das kostet Kraft.
Das Moos wird gelb in ihren leeren Nestern.
Die Brut ist flügge, und sie haben es geschafft.

Ich sitze hier und hör die Sommerkinder.
Ich werde traurig, trinke meinen Wein,
ich weiß, in hundert Tagen ist schon wieder Winter,
und möchte immerzu im Sommer sein.

Winterlied II

Im Winter ist der Wald aus Holz.
Dann schneit es Regen über Nacht
und regnet Schnee, der frieren macht,
und nimmt mir meinen müden Stolz.

Im Winter kröch ich gern zu dir.
Ich wohnte unter deinem Arm.
Mir würde endlich wieder warm,
und alle Bäume blühten mir.

Im Winter weiß ich einen Traum,
den träum ich mir an jedem Tag.
Der Wald aus Holz, so kalt und karg,
verwandelt sich, wird Grün und Baum.

An den, den ich liebe

Jetzt hab ich nur noch einen Wunsch,
dass du nicht gehst, bevor ich gehen muss,
dass wir den Atem teilen und den letzten Kuss
und alles, was uns Mühe war und Lust,

was in uns wachsen durfte, was wir abgeschnitten,
was wir gelebt, geliebt und aneinander litten,
uns tragen wird und nicht verloren ist,
wenn ich dann fern von dir und du woanders bist.

ISBN 3-7254-1174-3

Gestaltung und Umschlag: Jacky Gleich, Berlin
Satz und Lithos: Reinhard Amann, Aichstetten
Druck und Bindung: Friedrich Pustet, Regensburg
Printed in Germany